U0935051

文化发展出版社
Cultural Development Press

图书在版编目(CIP)数据

雅趣素心 / 洪方煜著 . -- 北京 : 文化发展出版社，2023.4

ISBN 978-7-5142-3980-5

Ⅰ. ①雅… Ⅱ. ①洪… Ⅲ. ①诗集－中国－当代 Ⅳ. ①I227

中国国家版本馆CIP数据核字(2023)第057983号

雅趣素心

洪方煜 著

责任编辑：岳智勇　　　　责任校对：侯 娜
责任印制：邓辉明　　　　封面设计：书道闻香
出版发行：文化发展出版社（北京市翠微路2号 邮编：100036）
发行电话：010－88275993 010－88275711
网　　址：www.wenhuafazhan.com
经　　销：全国新华书店
印　　刷：唐山楠萍印务有限公司

开　　本：710mm×1000mm 1/16　　字　　数：98千字
印　　张：9.5
版　　次：2023年5月第1版
印　　次：2023年5月第1次印刷

定　　价：59.80元
I S B N：978-7-5142-3980-5

◆如有印装质量问题，请与我社印刷部联系 电话：13121110935

序

年轻时有个文学梦，当时的确也发表了些许小文章，大学里还担任了学校文学社社长，可惜为人庸常，再加上懒于动笔，文学与自己的人生渐行渐远。

走上教坛，偶尔动笔，大都是教学方面的，也发了大小千余篇文章，出了数十本书，但都是“著书只为稻粱谋”，与文学八竿子打不着。

唯有一样东西还与文学靠点边：喝酒游玩之余，写几首所谓的小诗，敝帚自珍，累积起来，居然也有了三四百首。

年近知天命，心态逐渐平和，喜欢整理以前的一些文字，于是就有了将这些所谓的小诗结集的想法。

平生有三大爱好：喝酒、游玩、读武侠。

讲座中，开头第一句往往就是：游天下名山，喝天下美酒，读金庸武侠。

也喜欢交友，人生座右铭就是：交友须带三分侠气，为人要存一点素心。

也喜欢游学，在活动之余，到处走走，偶得一联：野趣常随明月挂，素心只为白云留。

读书、出游、聚会、过节，闲情偶寄，几年下来，便有了这些小诗，为了编辑方便，按大致内容分山水清音、四海资身、行者无疆、身边风景、江湖载酒、杏坛行吟、雅集短章、人间有情、文山漫步、人生感怀十个部分。

山水清音、四海资身、行者无疆、身边风景四辑，主要为出差之隙、闲暇之余，游山玩水所观所想。山水清音重在山水本身之美；四海资身重在对自己身心的熏陶，心灵的启迪；行者无疆多一点反思的成分，外加一些文化因素的植入；身边风景则重在对家乡熟悉风物的描摹。

江湖载酒一辑，重在对自己"品天下美酒，读金庸武侠"人生信条的践行，有对武侠的理解，有对人物的感慨，也有酒酣耳热之际师友间江湖豪侠般的往来。

杏坛行吟一辑，则重自己对教育内外的一些感悟与思考，以及教学之余的生活片段的捕捉，涉及自己的一些兴趣与爱好。

雅集短章一辑，取"兰亭雅集"之意，重在展现同学、朋友、研友间的欢聚，有浙派名师、领航名师、特级研修等情况的记录。

人间有情一辑，以祝福类为主，这里面有各种节日，如春节、端午、中秋、国庆、元旦、除夕等的祝福，也有对走上考场的学生的美好祝愿，少数为悼念师友、学生的文章。

文山漫步一辑，主要是读了各类书籍，观看电视、网络等新闻后，自己的一些即时想法，现在看来，这些想法不一定正确，但确实是当时真实情绪的流露。

人生感怀一辑，是进入不惑以后，对世事、人生、事业、功利的一些思考，这些思考往往是缘事而发，随景而生。

以上为集子大致的情况说明，姑且称之为序。

目　录

第一辑　山水清音

第二辑 四海资身

第三辑 行者无疆

第四辑　身边风景

第五辑　江湖载酒

第六辑　杏坛行吟

第七辑　雅集短章

第八辑 人间有情

第九辑　文山漫步

第十辑　人生感怀

第一辑　山水清音

冬至北大

郁郁冬青银杏黄，未名湖畔柳丝长。
红楼绿树相辉映，北大校园秋未央。

晨行景宁绿道有感

白鹭惊风莺怯鸣，清泉几处弹清音。
廊桥长眺江山胜，无限风光在景宁。

题利山民宿

满目湖山诗画中，一塘荷绿映青峰。
白墙黑瓦天高远，闲看夕阳一抹红。

春日闲游东湖

飞檐古木映芳华，潋滟湖光织细纱。
日照春江迎鸭暖，风摇嫩柳戏黄花。

晚行湖畔有感

信步岸堤意兴长，碧波潋滟洗霞光。
太湖三万六千顷，曾是当年古战场。

暮游沙面

春风送暖百花香，万米长街树竞芳。
南国风情暮色里，古楼翠渚映珠江。

晚登鹤顶山

轮刺苍穹掩五岳，山连广漠通天南。
晴光湛湛逐云去，满目青葱心淡然。

游泰顺世纪廊桥

碧水金鱼意态舒，香樟古柏掩重屋。
清波红舫如堂画，世纪廊桥接太初。

潕阳峡谷记游

舟行峪口碧波绿，夹岸群峰走来迎。
绝壁天桥自鬼斧，凌虚巨石犹神兵。
瀑流织锦珠盘走，孔雀开屏朗气清。
湖水粼粼吹皱处，青山翡翠影分明。

夏游北大

曲径通幽追圣贤，未名湖畔听鸣蝉。
萋萋芳草漫天际，郁郁青藤荫后檐。
拂柳碧荷添隽秀，向阳花草展欢颜。
雕梁画栋隐王气，文脉传承一百年。

谒晋祠

昊日清辉明祠堂，灵山丽水曜北疆。
先秦周柏千年秀，唐宋铭碑万古芳。
对越孝情荫三晋，遗封信诺传四方。
绿荫掩映泉难老，侍女情深动吕梁。

咏园周村（其一）

九曲清流绕永康，岸边别墅映湖长。
一滩白鹭为常客，近水红梅访绮窗。

咏园周村（其二）

湖边老柳着新芽，双色梅花香胜茶。
满目青山天映水，桃源仙境乐无涯。

游青山湖

相思岛上松长身，湖里森林无比伦。
琴鹤两山相对望，清波浩渺浮乾坤。

游天目山大峡谷

一道深堑天目分，灵山秀水木葱茏。
瀑流迎客殷殷意，松壑送凉淡淡风。
千里长廊观胜景，万丘峡谷听涛声。
溪花照水绿荫处，稚子嬉皮兴味浓。

车过嘉绍大桥有感

平畴艳艳绿绵延，万里山河万里天。
极目苍穹原野望，人间最美是江南。

车过太湖有感

水天相映更苍茫，烈日穿云千道光。
浩瀚太湖三万顷，润滋南国胜苏杭。

车游南太湖古镇

楼宇巍巍锁碧天，旭阳浅浅湖山间。
江南古镇龙之梦，景点万千一水连。

晨起漫步小莲庄有感

兰舟欸乃一声声，舞柳拂檐戏晓风。
水韵江南诗画里，云栖庭院醉歌中。

船游姑苏河

姑苏河上泛清波，时见两边碧女萝。
船过山塘桥下路，文人骚客奏弦歌。

注：山塘桥，苏州名桥，桥两边历代文人与名士如祝枝山、唐伯虎、冒辟疆等于此留下许多风流雅事。

观钻石酒店湖有感

青山碧水映天高，上下深蓝更妖娆。
洗尽红尘千丈路，唯留万古一云霄。

湖山赋新居所见

楼宇巍巍锁碧天，旭阳浅浅湖山间。
江南古镇龙之梦，景点万千一水连。

离湖州经太湖边赴南京

太湖潋滟碧波平，天上流云缓缓行。
最是多情湖畔柳，依依送我到南京。

离开南京赴无锡随记

云在青天鹭在田，溪桥伴我览湖山。
金陵远去无锡近，无限生机盛夏间。

暑游纪行

云淡天高碧宇清，万山袅袅走相迎。
驱车向北太湖上，开启一周江浙行。

动车上随感

绿树青山云渺渺，台风过境水迢迢。
动车窗外好风景，锦绣河山映碧霄。

二游武隆天坑

重游胜地上高台，水木流金映日开。
溶洞深坑四面望，闲观瀑布九天来。

语文组大部分老师参加了浙江大学的90学时集中培训，下午培训结束后，匆匆浏览了下附近风景，算是来过了。赋诗一首，聊作纪念。

近晚漫步杭城有感

漫步杭城近晚天，东风拂柳醉江南。
满庭芳草暗香远，不负春光到此间。

注："醉江南""满庭芳"为词牌名。

午夜梦回五年前新疆行之巴音布鲁克大草原的情景，画面清晰得可以呼吸到清新的空气，特赋诗一首以纪念。

梦回巴音布鲁克草原

满川轻梦焕烟霞，万里山河万里家。
妙笔丹青画不尽，清歌一曲向天涯。

题镜岭

镜岭群峰坳里藏，清风阵阵送茶香。
白云深处红尘远，山里人家日月长。

题张家界十里画廊

十里画廊十里峰，高低往返趣无穷。
如何跳出群山外，窥得神仙鬼斧工？

题金陵

大江东去开天地，烟柳繁华富庶家。
万米城墙守省会，一汪秋水照银花。
秦淮风月织云锦，法国梧桐浣细纱。
姹紫嫣红如画里，金陵处处是芳华。

夏日游北海

古木扶疏日影长，扁舟荡漾水中央。
青丝袅袅碧波戏，古塔倚天锁北疆。

晓行莫干山

无边山色任葱茏，点点白云饰碧空。
养眼栖心天籁里，忽闻远涧水淙淙。

晓行武陵源索溪堤岸有感

黄莺恰恰扰清眠，杨柳依依云水间。
百里清江天地远，晴光一片映微澜。

游宝岛地质公园

山海相连平野处，水天一色似仙乡。
千岩俏立千岩态，万里波平万里疆。

游凤凰古城

吊脚木楼云水间，山分龙凤虹桥连。
湘西最是迷人处，烟雨沱江不夜天。

游南太湖图影湿地

碧波如镜共天光，芦荡丛中荷正香。
山水江南一画里，太湖风景比苏杭。

游武隆地缝景区

半天帘幕半天蓝，一线山崖一线寒。
地底雷鸣千里外，武隆风景冠西南。

雨后游武夷山

九天仙女下人间，袅袅轻纱隐远山。
竹里铮音一罄静，树中白练半空喧。
幽林传响声非闹，潭畔品茗心自闲。
谁倩丹青妙国手，一轴卷尽大东南。

雨中登江郎山

春假正逢数日闲，携朋同上江郎山。
巨岩利剑插天际，流水清音绕谷间。
翠竹躬身迎远客，青松洗脸展新颜。
烟霞亭上乾坤阔，万里风光收眼前。

云溪小镇漫步

万里祥云锁碧空，长桥两岸飘灯笼。
神僧打盹神山上，碧水东流碧画中。
黑瓦白墙呈古色，瑶池碎玉映群峰。
桃源胜境在何处？最是云溪中国红。

再游北涧廊桥

北涧廊桥天外客，百年古树画中裁。
四方美景悠闲出，一片天光荡漾回。
文物申遗动海内，飞檐巧构超同侪。
溪东胜迹仍辉曜，前度洪郎今又来。

第二辑　四海资身

游景山北海有感

景山北海紧相连，忙里抽空只为闲。
但得胸襟无垢滓，人间多是艳阳天。

冬游北海

芳草连天细柳黄，绿荫照水映青江。
若无浊雾漫天际，可与苏杭较短长。

冬日北大听课有感

连日雾霾首度开，未名湖畔柳如裁。
无风黄叶悠悠落，有客旭阳暖暖来。

傍晚闲游广州

羊城三月春光好，棕榈木棉竞窈娆。
灯火万家幻化里，南天一柱变蛮腰。

傍晚谒五台山

五台雄壮映天碧，普渡众生智慧门。
禽鸟惊回尘世客，佛光唤醒梦中人。

青青古树尽般若，郁郁红花皆法身。
足入空山清静地，心聆化外归清真。

饭后逛新昌江，看两岸风景，听越剧有感

一水中分古剡乡，沃洲大地焕光芒。
新昌桥下清波紫，数曲清歌余韵长。

注：新昌古称剡县、沃洲。

游福鼎山

红尘俗虑今清空，独立苍茫意趣浓。
四面山环天远大，只缘身在最高峰。

观古树有感

落寞千年心志壮，历经风雨自昂扬。
扶摇直上碧霄去，不与他人争短长。

贵州支教动车路上即景

云销雨霁乾坤阔，万里平畴眼底收。
陌陌农田缀野绿，依依碧水绕山流。

峰回路转通天外，稻黄菜嫩度春秋。
江天一色空蒙里，心宇无尘三径幽。

龙游红木小镇感怀

高楼宝塔巧相连，画栋雕梁映水天。
最爱湖山幽径里，品茗饮酒非人间。

清晨漫步华家池

杭城胜境风光好，满眼嫩芽挂树梢。
曲径悠悠喧闹远，廊桥寂寂意兴高。
初平水面清心性，夜放紫花失野蒿。
杨柳丝丝千万条，华家池上竞折腰。

王国维故居感怀

人间词话百年盛，文史经哲通古今。
独立自由成伟业，辉昭日月留清名。

游铜铃山有感

溅玉飞珠入绿潭，赤心龙井遥相连。
小桥流水山村里，洗却凡尘非人间。

文成百丈漈赞

刘基故里文成建，百丈瀑流织锦绢。
千岭群峰横北廓，此身恍若桃源间。

夜泊秦淮

历劫江山多事秋，秦淮八艳竞风流。
满街灯火游人醉，空剩金陵万古愁。

夜游厦门环岛路步行街

万家灯火照环岛，千里鹭江连架桥。
鼓浪辉煌浮瀚海，碧波闪烁映青霄。
遍寻街市尽时尚，细品店名有妙招。
放浪斯文为哪般？浮生半日得逍遥。

游太湖源

千仞石崖孕太湖，万株翠竹伴文殊。
泉声数里青山外，天际白云意态徐。

今天中雨，上得永康方岩，大雾缭绕，四顾茫茫，唯有人潮汹涌，祈求好运，草赋一绝，以记行程。

游永康方岩

一道山门绝壁开，八方黎庶似潮来。
天街瑞气绕高塔，共助新年鸿运栽。

游云冈石窟

驱车直越雁门关，塞外景观似江南。
五万浮屠花果里，一轮慧日水云间。
佛光大道通仙境，垂柳灵湖接远山。
法相庄严众妙处，暮鼓晨钟到天边。

游肇兴侗乡感怀

侗乡文化世闻名，千里鼓楼数肇兴。
礼义智仁耕读乐，春秋冬夏民风清。

茶余饭后话农事，戏里歌中享太平。
莫问平生富贵业，门前流水送长亭。

游浙西小三峡

浙西三峡浪逐云，江随峰转远红尘。
数里瀑流声不断，鸟鸣蝉噪山幽深。

云和支教道中偶见

最爱湖山枫叶红，青岚缭绕雨朦胧。
古今多少风骚客，难觅云和一画中。

游重庆白公馆、渣滓洞

乌云密布阴风喧，忠烈壮书浩气篇。
苦痛百般何奈我，丹心一片照人间。

朝灵山大佛，为庚子年祈福

郁郁祥云天地间，一条大道贯湖山。
佛光普照九州内，天佑中华渡劫关。

车游动物世界

鹿向碧霄天外望，虎行方步傲八方。
黑熊瞪眼为争霸，二马奔腾血脉张。

登鸡鸣寺

巍峨古寺入青霄，行向菩提步步高。
但得灵台存善念，诸般烦恼尽云消。

夫子庙闲游有感

乌衣巷口披残霞，十里秦淮通万家。
月色朦胧贡院近，共承文脉续中华。

观江南贡院科举博物馆有感

自古秦淮出俊杰，江南贡院多魁元。
明清多少风骚客，为国为民得两全。

观美龄宫

法国梧桐心字形，树高叶茂鸟蝉鸣。
云间雅室何须大，观画听风娱性情。

江浙行总结篇

江浙环游今日还，迷蒙细雨洗清天。
人间乐事匆匆过，潇洒一周弹指间。

南浔漫游随感

云漫岚溪金逐浪，影摇细柳慢时光。
千灯散入箫声远，欸乃声中日月长。

上午游南京博物院，六个大馆，上午走马观花，下午休息。诌成二首。

绝句二首

其一

江南风物甲天下，瓷织茶盐书画粮。
细数金陵王霸事，十朝都市叹兴亡。

其二

煌煌馆院萃精华，上下千年在一家。
最是文明不朽事，老枝盛世又开花。

谒中山陵

三上陵园瞻国父，推翻帝制揭新篇。
大同世界中华梦，功业千秋孙逸仙。

游明城墙与玄武湖

城墙玄武相毗连，拱卫金陵千百年。
多少古今王霸事，散与浩淼碧波间。

游狮子林

苏州巷里寻常景，河道纵横映彩霞。
曲径廊桥穿石罅，暗香疏影透窗纱。
亭台楼阁倚高树，池沼荷鱼戏柳斜。
日涉园林四野静，此心安处作吾家。

游苏州博物馆，走马观花，选春秋酒器与明清士人戏咏。

游苏州博物馆

其一：咏春秋酒器

春秋文物甫出土，三足举樽似胖猪。
夏日炎炎欲中暑，问君能饮一缸乎？

其二：咏明清士人

斗鸡遛狗玩蟋蟀，喝酒品茗侃大山。
风雅吴中多狂士，闲情偶寄日常间。

游拈花湾

唐诗宋画姑苏地，院落深深一径连。
如幻如真世外境，洗心润肺水云间。

舟游十里秦淮

十里秦淮数十桥，桨声灯影月色娇。
明清多少风骚客，尽为此情竞折腰。

宝岛台湾七日记游

夏季乘凉何处去，括苍居士台湾行。
千山锦绣千山近，万里碧霄万里清。
兄弟劫波一羽重，恩仇血脉亿钧轻。
环游七日瞬间逝，难忘海天离别情。

注：括苍居士是作者的别号，锦绣与碧霄是作者家人的名字。

车行太平洋岸记游

群山翠绿共云影，瀚海波平万里清。
椰树熹光芳草碧，太平洋岸悠然行。

晨起闲走师大

细雨蒙蒙信步走，瀑声喧闹鸟鸣稠。
湖光树色连天外，半日浮生作趣游。

晨起怡园别墅宾馆信步

晨光暖暖照园林，满目红花遍地金。
池沼假山映碧水，木桥篱落入繁荫。
斜栏伫倚鱼嬉戏，幽径徜徉蝉诵吟。
俯首晴岚云有意，万般俱寂桃源亲。

晨起刷步，沿灵山江信步行走，偶得一绝

碧波滟滟浮龙游，千里灵山江自流。
两岸乐声翔耳际，心中已系不归舟。

华家池畔信步

闹中取静红尘外，忙里偷空信步行。
曲径环廊枕水岸，石礅长椅憩闲情。
几只蟋蟀高低和，数里蝉声长短鸣。
回首晚霞挂岭岫，万山寂寂数峰青。

近晚高雄85高楼远眺

台南览胜半空里，百幢高楼冲九霄。
碧海青天广宇外，万家灯火万家遥。

近晚华家池漫步有感

玉湖倒影露华浓，百米高楼镜里重。
数万蝉声隐碧树，一行雁字失苍穹。
霓裳霞佩天风动，水色山光冷月空。
最是清闲消暑处，华家池上淡丰容。

疗休养·德清篇

夜立湖边灯火明，晨行绿道晓风轻。
假期消暑往何处？忙里偷闲有德清。

题天门山

山青云白隐苍穹，一道索桥飞彩虹。
回望潇湘三楚阔，静观万物洞天中。

游穿岩十九峰

胜日寻幽天姥近，穿岩深秀啭鸣禽。
擎天一柱山河壮，平野万顷草树清。
栈道飞横半壁峭，群峰雄立四围平。
但得心静滤尘杂，流水松涛万壑鸣。

游佛光寺

梵宇巍峨映远天，青山绿树绕晴岚。
功名福禄证因果，科技菩提结妙缘。
一道通衢连两界，八尊宝塔护三间。
愿求佛祖光明法，点亮心中灵镜坛。

游江宁织造博物馆有感

官宦浮沉本注定，红楼梦断有谁怜？
江宁织造历三代，恩宠绵延过百年。
孽海情天隐世事，仙佛鬼怪假村言。
百科荟萃铸经典，浩浩文峰第一篇。

游日月潭

文武胜观连广宇，慈恩高塔耸云天。
双峰对峙东西绿，一屿孤横上下蓝。
神鹿飞腾觅日月，光华闪耀隐湖川。
万顷碧浪歌行处，顾盼江河心自闲。

游新昌大佛寺

森森古木几千重，引领有缘到梵门。
宝相皆由般若出，菩提本自慧心生。
雾中天姥集灵秀，雨后空潭照夙根。
但愿世间多净土，无嗔无怒亦无争。

游瞻园有感

日月烟霞曜古园，风清籁爽听林泉。
古今多少风骚客，晨看流云暮观山。

第三辑　行者无疆

东方明珠观景有感

天梯飞架结蛛网，水上通衢黄浦江。
如剑高楼拔地起，笑傲苍穹立东方。

圆明园遗址感怀

残垣断臂诉沧桑，古柏苍槐泣残阳。
昔日荣光何处觅？中华儿女当图强。

过恒山悬空寺

岩峦叠翠动云根，横贯北疆势如虹。
梵宇巍峨碧落际，灵台觉慧苍穹中。
空中色相成虚幻，四野群山朝万宗。
始信公输机巧外，可知造化开鸿蒙？

秋游厦大

楼冲碧落白云暖，日照高林众鸟喧。
山色湖光共倒影，碑林石刻传英贤。
包罗万象开风气，海纳百川奏续篇。
伴海依山拥古刹，华南画卷共长天。

晚游镇远古城有感

名城镇远卧高垄，风景不和别处同。
石柱山河自秦汉，洞藏释道隐青龙。
秀山胜水毓英气，楚锁滇咽扼要冲。
百里潕阳如锦绣，黔南烟雨更空蒙。

游常家庄园

平畴万里碧连天，三晋壮观高处看。
朵朵新莲水上笑，株株青杏园中欢。
树吸灵气千年秀，家继古风百代传。
华夏文明今何在？常家宗祠续先贤。

游二十八都

商贸旅游百业足，枫溪锁钥廿八都，
烟霞枫岭咽喉地，文化边城入画图。

游嘉南胜景有感

百里平原接海壤，嘉兴美景胜钱塘。
词评文脉千年盛，笑傲江湖书剑霜。

乌镇水乡写古意，盐官江浪映苍茫。
最喜志摩惜别里，流风遗韵日月长。

游天目山大树王国

雾锁山岚烟笼树，柳杉处处立群峰。
净空讲法释经处，老树携新联袂生。
倒挂莲花倚绝壁，虬飞剑阵向天横。
一泓泉水青霄降，四野清蝉弹古筝。

游温州江心屿

青山碧水映苍穹，万木葱茏一树红。
古刹巍峨禅意隐，名家荟萃文才雄。
龙吟幽谷壮声气，塔穿九霄闻天钟。
香樟海枣连椰树，瓯海山河一画中。

登颐和园万寿阁有怀

一上高阁万古愁，京畿风景眼前收。
巍峨宫殿穿青宇，虬劲古槐锁孟秋。
云沃西山接北海，山衔朗月照中州。
无限昆明湖水泪，痛哭瑰宝付东流。

坐张家界百龙电梯有感

百丈天梯挂壁沿，人间天上瞬时连。
祥云仙雾忽飘远，兀立将军十万山。

枫桥·寒山寺

寒山寺外徘徊久，刮肚搜肠难下手。
江水枫桥情似旧，昔人佳作在前头。

观龙之梦表演

月华似练挂苍穹，宝塔庄严照九宫。
如幻如真如画里，亦缘亦梦亦诗中。

观灯光舞

波心幻影失楼台，光色重重次第开。
瓣瓣莲花妃子舞，嫦娥月里下凡来。

入住客栈

闹中取静闻幽芳，曲径暗通上有光。
别有洞天含古意，宫灯照亮正偏堂。

苏州丝绸馆建于河道之上，述说了丝绸发展史及饮誉海内外的盛况，在炎热的下午偶然进去，赋成一诗。

游苏州丝绸馆

赤日炎炎汗成盐，参观进馆蹭凉间。
古今苏绣闻天下，万里商船传海边。
桥下碧波翻细浪，机头白线织丝绵。
满堂绸缎铺云锦，造就辉煌又一篇。

阿里山记游

龙隐群峦俗世远，雾藏巨木水声喧。
天长飞锁青峰翠，地久巧接邵汉连。
不减钱塘千里桂，殊同巫峡万重山。
会当凌绝台中顶，望断碧波浩瀚蓝。

注：邵汉句，桥的两边是传统意义上的汉族与邵族的聚居地。

登猫岩远眺

骤雨初歇风细细，霁云升起苍穹间。
登高纵目海天处，望尽南疆万里关。

访古木博物馆

古木英姿飒似虹，屈身楼宇作潜龙。
精魂不倒冲天立，更叹自然造化功。

访宝岛蒋氏故居

蒋氏故居树百丈，绿荫深处蝶蹁跹。
青霄湛湛连天际，曲径悠悠通海山。
七十年来梦里泪，三千里地岛间悬。
何时国共再携手，却话中华雄壮篇？

观南京雪景有感

谁令季节无序化，金陵雪景胜京华。
衡阳雁去应惊吓，何处天涯是我家？

海宁观潮

八月清风洗碧霄，长堤遥见一线潮。
穿空巨浪风头立，直向钱塘平海涛。

注：一线，海宁潮有“一线横江”“天下奇观”之称。

莫干山疗休养有感

仰首蓝天俯见溪，疗休只为眼微疾。
纷扰尘世全抛却，且向林间觅小诗。

向晚游龙游民居

一树灯笼一树寒，芳林秋色绕清潭。
园中小径入幽处，山外大江含黛烟。
细雨迷蒙竹打瓦，微风摇曳桥穿天。
民居处处蕴学问，入室登堂寻圣贤。

信步渝城所见

独上天桥南北望，万千车辆向八荒。
高楼箭立兼天涌，百里渝城见寸方。

一路北游

碧落白云伴我游，驱车向北心悠悠。
登高览胜极天际，穷尽钱塘十一州。

游北回归线

旭日当空万丈光，群山壁立倚苍茫。
南疆宝岛悬天外，一柱擎天镇大洋。

游夫子庙、秦淮河有感

风雨金陵数变迁，龙盘虎踞镇东南。
夫子庙前店铺立，秦淮河畔人潮喧。
六朝风物随春水，一缕流云罩远山。
木铎金声夕照里，汉唐气象待何年？

游明故宫

日月曾经照九州，江山一统四方讴。
夕阳残雪惊孤鸟，空剩金陵万古愁。

注：日月为明。

第四辑　身边风景

夏晨校园漫步

烈烈红花迎客忙，殷殷纤手道中央。
晨风吹皱芙蓉面，袅袅娉娉向艳阳。

晨起灵湖信步

雾笼千山天近秋，蓝天旭日映高楼。
珠压芳草莹莹闪，蝉噪长林处处幽。
数里江汀云水绿，一行白鹭碧波柔。
平生最喜心无事，晨起灵湖信步游。

晨行灵湖

一声布谷梦犹香，信步灵湖夜未央。
云外依稀鸿雁过，水中确有细鱼翔。
白鸥款款红尘远，雅韵悠悠夏日长。
最是城东佳绝处，柳条弄影醉天光。

春日漫步校园观紫藤胜景有感

遥望嫣红映碧霄，瀑流倒挂百千条。
枝枝嫩叶风中戏，瓣瓣紫花雨后娇。

天上九门皆艳羡，人间四月竞弯腰。
校园漫步好风景，何必寻芳万里遥？

春日早起漫步

清风拂面迎晨起，日照神州春意迟。
百亩湖山百亩画，一城花海一城诗。

春游校园

和风骀荡春阳暖，姹紫嫣红满校园。
但得胸存清昊气，世间大美在身边。

大年初一游灵湖（其一）

清波浩淼枕湖岸，亭榭楼阁倚柳边。
烟水江南山色里，丹青囊尽画中仙。

大年初一游灵湖（其二）

声声爆竹金鸡远，阵阵清风玉犬来。
数里梅香撩鼻孔，满川湖水映楼台。
向阳春气悠悠暖，近水芳华款款开。
五色祥云天际绕，浮生长乐自心怀。

大年初一游小芝中岙村

百亩桂林绕紫烟，一弯碧水映冈峦。
千年罗汉守山北，最美乡村在此间。

登白云阁

石径幽幽昊气生，白云深处高阁横。
平畴万里江涛远，地扼海门第一峰。

登临海北固山抒怀

巾山为首灵江眼，雄镇东南半壁山。
借得玉皇仙气度，腾云驾雾上青天。

赋胜景

七彩晚霞辉湛蓝，光华日晕挂青天。
三台胜景百年现，留待洪郎赋此篇。

庚子首游有感

宅家数月出家门，满目桃花绕岭村。
郁郁黄花原野亮，人间今日始回春。

观临城花海

东风渐起退寒锋，花海连天惊鹿城。
放眼三台佳绝地，鳌头独占画图中。

注：鹿城为临海的一个别称。

观括苍日出

巍巍括苍披晓雾，曈曈旭日开空蒙。
山花烂漫霞光里，楼阁芳华山色中。
万道金光洗俗世，一轮风叶横长空。
九天云气神仙府，人立三台第一峰。

观括苍云雾有感

括苍莽莽通凡间，引得嫦娥下九天。
戏水游山玩不足，搬来东海蓬莱山。

游寒山湖（其一）

红枫叶落暮云浓，湖上寒山数万重。
拾得禅师何处觅，烟波浩淼千里空。

游寒山湖（其二）

半湖碧水半湖山，万里江天万里寒。
袅袅北风一叶落，此心安处即人间。

寒山湖里行

天朗气和风更轻，寒山湖上兰舟行。
万峰竞秀山山远，百鸟争喧处处清。
郁郁水杉肃穆立，青青翠竹笑相迎。
经霜红叶透娇艳，古道乡风润性情。

回乡偶书

万物喧嚣归寂静，四围山色添安宁。
蓝天碧野桔香里，更胜桃源世外情。

近晚访半初坑民居

群山寂寂夕阳斜，茅舍竹林处处蛙。
泉水叮咚天外响，红尘隔绝野人家。

近晚游孔邱有感

古木道中添短痕，柴扉寂寂掩黄昏。
人人尽道乡村好，山上何曾见一人？

括苍山赏雪（其一）

今日登山观雪景，括苍居士括苍行。
旭阳暖暖晴方好，霞帔凤冠一树冰。

括苍山赏雪（其二）

括苍高耸入云天，浩荡朔风群谷间。
碎玉裂珠踏步走，琼台玉宇似神仙。

兰田行

兰田山上好风光，竹碧茶香桔正黄。
昊气清空尘世远，书生聊作少年狂。

里程即景

绿树溪岚云气远，一汪翡翠映青山。
万般苦虑全抛却，又得浮生半日闲。

里程洗窗帘

青山碧水映蓝天，车驾里程洗窗帘。
鸟啭蝉鸣数里外，风轻云淡乐陶然。

夏夜赋灵湖

水上双桥落彩虹，银河倒挂隐飞弓。
残阳如血千山远，多少楼台一画中。

皤滩古镇道上

古道夕阳访古镇，青青阡陌晚来风。
天高云淡四边静，唯有牛哞一两声。

秋登江南长城有感

登高览胜白云楼，万里江山眼底收。
半倚红妆半倚翠，一城山水一城秋。

秋假漫步校园有感

清晨信步校园行，银杏金黄秋水盈。
庭阶阒旷山山远，万籁有声树树青。

天上雁行传问候，草间鸟阵走相迎。
抬头万里苍穹外，淡淡白云风自轻。

秋日晨行

风轻云淡艳阳天，玉缀金镶针叶栾。
四面杜鹃和翠鸟，一城秋色带湖山。

秋日清晨校园信步

寥廓苍穹云气清，潺湲秋水碧波平。
静默群山互致意，殷勤翠鸟争迎宾。
晓风阵阵梨花白，旭日溶溶红叶明。
喜看校园风景画，三秋桂子碧天青。

秋日校园清晨即景

缥缈荷香金桂里，紫藤伸展更殷勤。
满园栾树金镶玉，倒影露花满地银。

秋日早晨校园信步

碧水长天秋意近，一庭翠鸟尽清音。
满塘菡萏芳菲少，唯有白云最可亲。

秋日早行

树叶青黄风弄影，天高云淡鸟飞轻。
秋光恰似春光好，照彻江山万里清。

氡泉泡澡有感

天南胜境瑶池地，潋滟碧波映远山。
汗蒸桑拿排毒素，逍遥自在胜神仙。

晚春

云淡风轻浅碧天，芳华新绿醉人间。
杜鹃一阵四边静，江水无言向远山。

晚春校园即景（其一）

满目青葱叶嫩黄，紫藤飞瀑挂长廊。
芳林旧叶迎新叶，锦绣校园春未央。

晚春校园即景（其二）

满园新蕊醉颜红，一架紫藤戏暖风。
绿树芳华辉旭日，摩天巨舰向长空。

垂杨倩影湖光里，学子书声楼宇中。
一载阳春当谨记，风光不与四时同。

仙居绿道览胜

暖暖轻风拂脸颊，湖光山色甲中华。
青天湛湛洗心肺，绿树悠悠映野花。
逐浪微波惊白鹭，摩天塔影掠薄纱。
永安溪畔徜徉处，名冠江南第一家。

仙居民宿晨起有感

溪光草色两相连，山映晨曦水映天。
最是光阴留不住，门前闲看数炊烟。

向晚灵湖漫步

四围鸣鸟尽欢歌，万里长风皱绿波。
向晚春光无限好，但凭一画卷山河。

小芝红树林即景

江畔杉林红且黄，蒹葭自得理新妆。
缤纷多彩天调色，全靠南山一束光。

小芝红树林游吟

阴雨连绵今日晴，呼朋引伴乡村行。
青山苍翠夕阳外，最美小芝红树林。

校园春日

杨柳柔枝弄绿波，满园鸟雀尽高歌。
东风送走绵绵雨，放达春光欢乐多。

校园即景

紫藤长架瀑千条，柔柳风中伸懒腰。
新叶嫩黄芳草绿，满园春色尽妖娆。

秋日校园即景

云淡风轻九月秋，校园佳构一飞舟。
紫藤花下念红榜，碧水湖中憩白鸥。
二百国丁育桃李，三千学子竞风流。
飘香丹桂填胸臆，小径石桌书里游。

羊岩山二首

其一：闻风晨起远眺

千丘万壑闻松风，叠翠梯田仙气浓。
立马羊岩天外望，山河锦绣画图中。

其二：步行下山有感

仙雾重重隐梯田，凉亭高塔俩悠然。
羊岩回望转峰处，云白山青天湛蓝。

羊岩行

如黛青山雨霁后，茶园仙境有无中。
云吞大地九天外，人立羊岩第一峰。

夜宿呈岐山居

九曲山路白云斜，风里雏鸡戏野花。
一抹夕阳天色晚，更深明月伴人家。

咏江南秋景

青山隐隐白云沉，稻熟桔香秋水深。
五色田园油彩画，炊烟袅袅尽农村。

游白云公园

偶入公园信步走，板桥寂寂暮云收。
九重瀑布从天降，偷得悠闲半日游。

游大神仙居

钢索架梯峭壁连，山岩千仞入蓝天。
重雾桥头飞象立，卧龙跃涧白云边。

游上江花园

油油嫩菜泛晨光，古木扶疏幽径长。
满目湖山秋色老，上江园里稻金黄。

游天台山大瀑布

游龙啸谷出深山，千壑万崖不可拦。
凤阕仙楼今别却，呼朋引伴下凡间。

游尤溪下涨村

红瓦白墙枕水边，荒村古道换新颜。
云山万里连天外，疑到武陵不羡仙。

又见晴天

东风渐染草青青，万水千山绿意盈。
红日穿云拂碎雾，斜光照得九州清。

雨后荷塘

雨后荷塘暑气消，万千翠叶尽妖娆。
一池菡萏清芳盛，频向暖风展细腰。

雨后灵湖漫步

一池荷叶风前乱，万丈红尘雨后轻。
绿柳长堤白鸥闹，江天清阔碧波平。

雨后校园漫步

百米瀑流挂校园，桃红梨白争喧妍。
丹青妙手今何在？犹忆当年朱佩弦。

注：瀑流指紫藤花，当年朱自清校友执教台中时，曾亲手栽种紫藤，学校为纪念朱先生，建有紫藤长廊。

早春

杨柳丝丝绽蓓蕾，东风暖暖送春来。
殷勤布谷倚窗叫，羞涩玉兰向日开。

早春校园

柳叶新发枝叶沉，校园一早尽芳魂。
桃花灼灼梨花白，春在人间已五分。

周末校园闲逛

声声禽鸟柳中鸣，松鼠悠悠空地行。
风送花香浓转淡，举头唯见数峰青。

第五辑　江湖载酒

怀金庸

江湖最忆是荆高，别却先生唯寂寥。
四海苍茫天阔大，谁人共我度今宵？

读金庸武侠有感

千古士林侠客梦，难酬壮志隐山门。
一支笑傲江湖曲，羡煞世间多少人！

收到杭高（古代为浙江贡院所在地）高利兄格律诗集《月色炖西湖》，作诗一首以贺之。

酬高利兄见赠诗集

晚霞渐染桂花红，月色西湖一画中。
最是风流贡院里，兄台诗作立高峰。

晨起见日月同辉有感

日月争辉照九州，晓风白鹭闹清秋。
如何借得闲暇日，万里江山任我游。

春日园圃品茶有感

园圃近阳花竞芳，试飞乳燕报春忙。
品茗稍显清欢少，借得东风一院香。

本校同事蒋文先生，知识渊博，精通文武，兼习医药，为人至情至性，古道热肠，慷慨豪爽，狷狂不羁，每日在学校微信群发表武学医学与人生研究心得，为微信群中人气王，特赋诗一首，题赠蒋先生。

大年初一赠蒋文

金猴辞岁去，丹凤已登场。
爆竹震天响，大师守群忙。
至情兼至性，救死更救伤。
处世有雅量，为人显狷狂。
精通文武技，扬擅艺馨香。
镜里春秋逝，壶中日月长。
言辞偶激烈，其实热心肠。
大德并博爱，本群人气王。

与诸兄别车站候车偶占一绝

酒量高低不足夸，弟兄情义本无涯。
月台初醒候车至，犹及午时可到家。

阁楼问答

问余何意栖高楼，饮酒品茗闲对秋。
快绿怡红尘杂远，青山常在水长流。

观包建新老师美图美文有感作二绝

其一

周末闲暇懒起床，卧看旭日透纱窗。
翻查微信读诗语，满满雅兴学大方。

其二

心里存诗意，眼中有美景。
老包巧粉饰，山色更清明。

昨夜梦回少年，仗剑天涯，鲜衣怒马，诗酒江湖，醒来记之。

记梦

清风落蕊暗黄昏，踏遍江山不见春。
醉里举杯送日月，梦中对影笑乾坤。

蒙台州学院“你好，校友”小队采访，忆师专生活有感

千年州府钟灵秀，背枕长城碧水邻。

不为红尘心绪乱，只缘梦境松风轻。

九天明月空山远，百里江声夜鸟亲。

难忘师专修业路，至今犹忆醉花阴。

说明：台州学院，原为台州师专，老校在台州府城，背靠江南长城，濒临东湖碧水。当年读书因校舍紧张，我们这一届一年在山上，一年在山下。在山上那年，日爬江南长城，夜听灵江鸟声，学校虽在小城，日夜却能欣赏阵阵松涛。“醉花阴”既指文化熏陶，又指临毕业时的同窗共醉。

克刚、伟臣、江军来临与诸师友小聚戏作

霞光万里照苍穹，清碧江山迎远朋。

美景良宵师友聚，何妨放浪饮三盅。

劝慰郭师一首

吉光片羽映苍穹，成败得失万古同。

莫问平生功业事，悲欢贫富总为空。

注：郭吉成老师评一省荣誉失利，作藏头诗一首以劝慰。

人生乐事

追风赶月迎朝霞，水落山高赏百花。
天上白云知我意，吟诗品酒走天涯。

题笑傲江湖（其一）

千秋功业随烟散，万丈红尘绕眼前。
笑傲江湖终一梦，何妨醉酒看湖山。

题笑傲江湖（其二）

笑傲江湖高士隐，滔滔浊世碧峰青。
归途何处向天问，万里山河任我行。

戏答陈建新教授

暂得清平先享受，明天别管许多愁。
杜康三两且先醉，倒卧林间对晚秋。

附陈建新教授一诗：

醉生梦死活逍遥，哪管头上悬刺刀。
有朝一日狂风起，吹落黄沙泪滔滔。

闲居

院居湖畔邻村舍，阁在顶楼安作家。
乳燕叽叽丛里戏，粉蝶款款枝头滑。
隔窗闲坐听风雨，穿户偶行弄草花。
最是春来无琐事，呼朋引伴品清茶。

续梁羽生诗句

天道无常人事改，江山历劫剩新愁。
金梁侠义杳然去，唯见世间多白头。

应红枫主编之约，与王正老师一起酒吧小酌有感

弹指一挥廿六载，青春不再鬓微衰。
世间俗事皆尘土，万里江山醉里来。

咏令狐冲·
——《笑傲江湖》读后

笑傲江湖载酒行，心头无欲一身轻。
可亲最是杯中物，醉眼乾坤万里清。

咏乔峰

青衫磊落马行空，义薄云天杯酒中。
塞上牛羊成一梦，英雄最痛是乔峰。

咏笑傲江湖

笑傲江湖一曲终，衡阳城外渺松风。
但教政客止杀戮，始信人间有大同。

咏张丹枫（其一）

白马书生意兴遒，乾坤一掷傲王侯。
千秋功业随流水，江山空剩万古愁。

咏张丹枫（其二）

白马书生啸九州，亦狂亦侠轻王侯。
乾坤一掷为黎庶，但得人间无怨愁，

预祝两位师父评正高成功

金鸡报晓时辰好，两位师尊评正高。
喜鹊明朝报快讯，普天同庆乐陶陶。

致蔡伟教授

吟歌诵唱十年功，指点教坛意气雄。
南北奔波培训梦，丹心一片课堂中。

中秋晚值班无聊，草成一绝

小酌微醺气未酣，中秋值夜晚加班。
江山风月无人赏，唯见云飞高树间。

查收正高证书赋短诗一首以纪念

教书廿五载，加入正高营。
回首向来路，深惭世上英。

重读金庸武侠，兼怀三大家

枕席恩仇成童话，千古文人梦一场。
云海玉弓情激荡，萍踪侠影士张狂。
天龙八部怨憎苦，笑傲江湖山水长。
小李飞刀成绝响，人间不见楚留香。

注：

(1)三大家指新派武侠三大家，按成名先后排列，分别为梁(羽生)、金(庸)、古(龙)。

(2)首先讲的是武侠小说往往在枕席间阅读，是成年人的童年。

(3)二句用的是陈平原“千古英雄侠客梦”之意。

(4)三、四两句写的是梁羽生先生写得最好的两部代表作：《云海玉弓》以写情取胜，主要围绕金(世遗)与厉(胜男)、谷(之华)、李(沁梅)之间的荡气回旋的爱情展开；《萍踪侠影》写的是风流名士张字入嵌入了张丹枫之姓，写其典型诗句是“亦狂亦侠真名士”。

(5)五、六两句写的是金庸先生的最好的两部作品：《天龙八部》写佛，写“有情皆孽，无人不怨”，写人世之苦；《笑傲江湖》写政治与道，“山水长”化用范仲淹《严先生柯堂记》中的“先生之风，山高水长”。

(6)七、八两句取古龙先生最得意的两个系列，截用了网上的评价，同时又表明了武侠小说的辉煌不再。

醉酒晚游灵湖

江上清风吹淡酒，山间明月走相迎。
芳林幽径蝉声闹，水面碧波远山青。

大侠金庸，武林至尊，羽生不出，谁与争锋。
不幸的是，喜爱的两大武侠巨匠先后作古。
微信签名还在：喝天下美酒，读金庸武侠。
只是：美酒佳肴今尚在，先生已作蓬莱人。
赋几首七绝留作纪念：

作别金庸(一)

横流沧海义飘零，笑傲江湖任我行。
侠骨丹心驾鹤去，云霄一羽万山青。

注：《笑傲江湖》是我的最爱，看了十来遍；《侠骨丹心》是梁羽生的作品。“云霄一羽”出自梁羽生对联：“侠骨文心，云霄一羽；孤怀统览，沧海平生。”

作别金庸(二)

云海玉弓沉暗沙，天龙八部失光华。
江湖尚有风波恶，世上再无金大侠。

作别金庸（其三）

琴箫合奏碧山中，云淡风清天地空。
笑傲江湖成绝响，世间难觅令狐冲。

作别金庸（其四）

风流名士陈文统，浪子天涯有古龙。
笑傲江湖侠客会，武林尊位是金庸。

注：梁羽生原名陈文统。金梁古号称武侠小说三剑客。

大侠远去一周年，选先生三部代表作赋诗以怀

英雄莫过北乔峰，浩气长存郭靖忠。
霸业皇图皆过往，人间最忆令狐冲。

作别武侠三大家

滔滔浊世雪连天，一入江湖三十年。
如今别去金梁古，笑傲乾坤云梦间。

作诗一百首纪念篇

少小山村角落里，愚顽本性为人痴。
苦思冥想觅佳句，十五年间百首诗。

作诗有感

学海诗山泛碧波，凌云壮志渐消磨。
兴观群怨全抛却，自乐自娱闲适多。

第六辑　杏坛行吟

杏坛吟(其一)

千树樟香鹊踏枝,校园最美正当时。
满塘枯梗傲然立,怜见新荷楚楚姿。

注:这一首讽咏师资,本校老师50岁以上占大半,新老师少得可怜,因有此赋。

杏坛吟(其二)

先生昼夜织诗行,学子晨曦诵九章。
麻雀殷勤来点卯,何曾觅得三天粮?

注:这一首为讽学校实行刷脸签到制度。

杏坛吟(其三)

校园处处觅芳华,喜见紫藤二度花。
缘何春色出墙去,却怨风光在别家?

注:这一首为讽领导动辄说别校老师优秀,本校老师却不断外调现象。

杏坛吟(其四)

寻章摘句迎高考,惨淡经营到脑烧。
何日千山赏胜景,中流击水立惊涛?

注:这一首为讽应试考试越禁越盛,素质教育遥遥无期现状。

杏坛吟(其五)

桃李芳菲难尽享,野花抖擞向八方。
宁由田里生荒草,不叫飞流话短长。

注:这一首讽“一刀切”禁止教师带生、校外野牌培训机构不断疯长现象。

杏坛吟(其六)

衡水真经到处传,京城北望气如山。
可怜最是笼中鸟,何日翱翔回九天。

注:这一首讽衡水到处办分校现象。

杏坛吟(其七)

四面狼烟战火燃,生源争抢开新篇。
为夺名校百千考,谁解读书第一难?

注:这一首讽教育资源不均及招生乱象。

杏坛吟(其八)

诗书涵泳本从容,埋首书山不得空。
寂寞荒原无守志,如桶楼宇多歌功。
化生数理政文史,清北复交浙港中。
不为治学通体用,但凭成败论英雄。

注:这一首讽教育缺少思考现象。

教坛吟(其九)

亲历更知世事艰，十年磨剑读书难。
江苏试水九州笑，更有浙江天外天。

注：这一首讽江苏教改致生源质量下滑、浙江的英语加权赋分事件。

教坛吟(十)

高考铃声还在响，江湖写手齐登场。
为蹭热度赚流量，哪管学生魂断肠。

注：这一首讽高考后一帮蹭流量大谈高考作文，不管学生心情的网络写手与各路“砖家”们。

教坛吟(十一)

三年风雨求学路，守候长云久不开。
何日彩云追明月，春光桃李入园来？

注：这一首讽学校教育只重智育，忽视其他内容。

杏坛吟(十二)

三载光阴弹指过，依依惜别各天涯。
回首明镜朱颜逝，但愿满园万树花。

注：这一首讽应试教育背景下，教师送走一届又一届学生，容颜老去，不见减负真正到来现象。

杏坛吟(十三)

下水作文本正常,江湖写手乐奔忙。
可悲最是回炉语,高考已成名利场。

注:这一首讽高考后,写手纷现,某专家批评中学老师需要回炉,将中学教师一棍子打死行为。

杏坛吟·咏紫藤花(十四)

烂漫春光缓缓归,百般艳丽斗芳菲。
三千飞瀑馨香溢,亭下赏花都有谁?

注:这一首讽学生只埋头读书,忽略了身边的美。

教坛吟(十五)

自夸自赞没来由,自命自评不害羞。
最是厚皮×　×院,能刮脸上三斤油。

注:这一首讽某院自主命题,让命题者自已大唱赞歌叫好现象。

杏坛吟·学校南门造清华园有感(十六)

水木清华遭抢楼,轰鸣机器闹金秋。
黄沙漫漫清宵短,从此人间多白头。

注:学校南门房产商开发楼盘,命名为清华园,每天尘土飞扬,黄沙蔽天,给师生造成极大不便。

杏坛吟·秋日早行校园菜地有感(十七)

旭日斜斜照野花,密林蝉噪唤寒鸦。

荒园尽是他人种,我且游玩作自家。

注:学校有许多荒地,教职工及家属开发成菜地,本人每天步行欣赏。

杏坛吟·观学生迎两考有感(十八)

综合两考自由选,课改新篇名目多。

一片书声尽逝去,万千专业早搜罗。

身心疲惫无乐趣,素养修成有几何?

但愿专家少折腾,校园从此定风波。

考察南头中学有感

历尽沧桑传久远,百年名校换新颜。

金声木铎续精彩,再写特区第一篇。

校园秋望

天高云淡入金秋,百里江声一鸟游。

球场突奔争本色,课堂辩论竞风流。

科学大厦横空出,浩翰图书学海舟。

试翼雄鹰碧落里,三千学子功名酬。

秋兴漫成

——写于台州百年校庆之际

百载沧桑人事改，风华依旧气如山。
灵江浊浪净污垢，北固山岚洗旧颜。
热血铸成不朽业，春风催启紫藤欢。
诸君唯有攀绝顶，为校争光续玉篇。

第七辑　雅集短章

衢州胡勤教育思想成果研讨会有感

窗外寒风窗内春，喧阗笑语声声闻。
群贤毕至话思想，大腕云集说语文。
南孔圣园添盛事，三衢大地溢清芬。
弦歌不辍育桃李，天道酬勤情最真。

贺母校城西中学九十年校庆

殷勤旭日送风暖，桃李芬芳满校园。
文脉遥承自北固，书香近继到溪边。
张灯结彩庆华诞，继往开来续锦篇。
薪火相传九十载，祝福母校更扬帆。

春日与众友人驾车穿群山，至溪边小酌偶得

千山万谷尽鸣禽，满目芳林枝叶横。
半水半山涵品性，一诗一酒读人生。

登景山望京城

乙未年孟冬，国培之隙，一群同人相约登景山，俯视京城，以故宫一线为中轴，帝都气象阔大，下山凭吊崇祯帝自缢处，无限感慨，特赋此诗。

暮色苍茫上景山，一轴画卷映长天。
兴亡功业笑谈里，千古江山天地间。

高中同学聚会有感

人世相知皆有缘，同窗共读永安边，
急风聚雨筑高坝，鸟语花香攀大山。
清早起身抓石鼎，夜深偷空戏溪间。
如烟往事俱浮现，弹指一挥三十年。

观核心素养研讨课有感

帅哥靓女齐登台，课改鲜花次递开。
业界良心面里放，人间信念雨中栽。
单车共享该何去，正义缺席终到来。
日丽风和天气好，与君同育栋梁才。

观黄玉峰老师挥毫泼墨有感

风雪初停天气好，黄师乘兴挥巨毫。
红袖添香笔更健，势凌伯虎追板桥。

杭州研修遇雪抒怀

杭城风雪我侪来，学海遨游脑洞开。
赤子初心芳草梦，但求为国育英才。

名师领航跟岗学习结束感怀

七天跟岗今圆满，作别杭城回故园。
师父传经情义重，同门聚首暖阳暄。
彩排预演精雕刻，录制对接若等闲。
感谢后帷策划者，恩情永远记心间。

注：后帷策划指策组织联系此次领航名师工程的教育局、教师进修学校与浙大的领导与老师。

陪韩国友人游西湖有感

碧浪悠悠逐画舫，水光山色两苍茫。
乐天北寺钟声远，苏子绿堤情韵长。
于氏丹心昭日月，岳家忠义映冈梁。
钟灵毓秀西湖里，人世天堂四海扬。

厦门第十中学教研活动有感

沃日吞云衔大江，红花绿树藏学堂。
闹中取静通幽处，忙里偷闲赏野芳。
北宋神龟添意趣，仲尼塑像见端庄。
短歌行里声雄壮，丰乐亭中韵远长。

浙派名师厦门活动记

青龙探海作飞虹，南国椰林映碧空。
静默时光俗世远，幽深巷道野芳红。
天高云淡抒豪气，日丽树青对惠风。
鼓浪霓虹梦幻里，闽南记忆一杯中。

厦门与浙晋名师游学述怀

湛湛长天清昊空，白云碎步意从容。
藏江纳海吞天地，映绿倚蓝偎赭红。
晋浙名师齐荟萃，参观研讨谈兴浓。
秋花更比春花灿，南国河山一画中。

名师培训提前回家车上偶作

呼啸台风越海来，防洪警报频频开。
越中胜迹匆匆别，趁隙回家去抗台。

记永安溪畔同学会

绿意葳蕤映九天，湖光山色碧如蓝。
骑车戏水玩兴盛，一任顽童四十年。

仙居雪霁聆听黄玉峰教学见解有感

泛光碎玉映晴窗，才俊仙居聚一堂。
谈语论文中外事，扬清激浊友仁光。
十年迷雾顿驱散，万里鹏程今起航。
莫管牡丹真国色，百合亦可绽芬芳。

冬夜陪韩国友人夜游灵湖有怀

地冻天寒三九天，灵湖夜赏亦陶然。
万家灯火暄南国，一片冰心寄玉蟾。

与友人永安溪漂流有感

绿水青山天湛蓝，江声十里和鸣蝉。
白云舒卷伴鸥鹭，犹羡钓翁独自闲。

与诸同人晚游乌镇有感

一路轻车夕照晚，梦中乌镇到跟前。
梨园软语远俗世，水榭清音接旧年。
木浆悠悠逐细浪，纸灯暖暖映江天。
幽深巷道通何处？福地尽头亦世间。

与韩国友人游神仙居

永安溪畔寻仙境，百里长廊尽窈娆。
万丈悬崖接海隅，千重峭壁耸云霄。
银勺象鼻锁深涧，雾瀑珠帘挂山腰。
天柱插空迤逦远，人间天上乐逍遥。

杭州培训赠别诸同人

窗外琼花窗内暖，坐谈论道享清欢。
杭城雅集成回忆，留待来年接续篇。

浙派名师结业典礼有感

犹记班组初建立，春阳暖暖杏开花。
奔波万里共研讨，跋涉四方相阐发。
盛夏南游学闽粤，初冬北上客京华。
此生无悔入师大，来世愿为同一家。

第八辑　人间有情

春节祝福藏头诗（其一）

新酿桂花香溢远，春风送暖金鸡来。
快车驶入幸福路，乐事悠悠忘讲台。

春节祝福藏头诗（其二）

春光烂漫天晴暖，日照乾坤万物喧。
快马加鞭看世界，乐观胜景合家欢。

春节祝福藏头诗（其三）

春回大地风光好，日挂高空曜碧霄。
快马争奔锦绣路，乐游世界忧愁消。

四月小高考题赠考生（其一）

樟林嫩叶映朝阳，翠鸟殷勤催种忙。
锦绣校园春色晚，年年笑看满庭芳。

四月小高题赠考生（其二）

红花朵朵笑湖边，喜鹊欢声满校园。
万里晴空朗朗日，好风送我上青天。

四月小高题赠考生(其三)

杨柳新枝千万条,香樟嫩叶尽妖娆。
清光万里乾坤阔,唯见艳阳挂碧霄。

端午祝福藏头诗

端洁菖蒲系黄昏,午夜空怀忠义魂。
安得桃源静谧处,康平天地话清芬。

高考祝福(其一)

雨后东方山水新,九州澄澈碧霄清。
浩荡长风来助力,锦绣中华万里行。

高考祝福(其二)

风中杨柳舞蛮腰,红日初升光万条。
磨剑十年坚心志,直冲霄汉做天骄。

高考祝福(其三)

祥云缭绕映苍茫,日照芳林万道光。
竞跃龙门俊锦鲤,争当华夏好儿郎。

携来玄铁倚天剑，斩向楼兰守故乡。
不负胸中鸿鹄志，黄金台上振家邦。

教师节祝福藏头诗

节佳景美秋光好，日曜神州分外娇。
快意江湖万里阔，乐山乐水乐逍遥。

中秋祝福藏头诗（其一）

中州万里山河壮，秋色无边丹桂香。
快悦长歌明月引，乐安静享满庭芳。

注："明月引"与"满庭芳"均为词牌名。

中秋祝福藏头诗（其二）

中华风物尽欢颜，秋日红枫连海天。
快意人生山水醉，乐看皓月共团圆。

中秋祝福藏头诗（其三）

中州盛世好风光，秋日艳阳照高堂。
快意人生烦恼少，乐观心境送八方。

中秋祝福藏头诗(其四)

中州盛世合家欢,秋日艳阳映碧山。
快意人生烦恼少,乐吟诗词广寒间。

中秋望月醉酒有感

人逢佳节神尤朗,酒到半醺气更清。
今日江山我做主,送轮明月照你行。

国庆祝福藏头诗(其一)

国运昌荣日月长,庆生万众共辉煌。
快车驶向康庄道,乐事无边心自翔。

国庆祝福藏头诗(其二)

国祚兴衰倚大家,庆欣巨匠献芳华。
快行科教千秋业,乐胜木栾三色花。

国庆祝福藏头诗(其三)

举目山河披锦绣,国丰民足览神州。
同光和煦惠风畅,庆祝华年把曲讴。

中秋国庆双节祝福(其一)

中秋国庆两相连，高照艳阳十月天。
万里江山收眼底，冰心一片在壶间。

中秋国庆双节祝福(其二)

万里山河旭日暄，中秋国庆喜相连。
金风吹得桂花醉，最美人间八月天。

十一月小高考题赠考生(其一)

祥云缭绕碧霄上，紫气东来屋舍间。
惟愿诸君多努力，横刀跃马克难关。

十一月小高考题赠考生(其二)

爽籁清风金桂红，巍峨楼宇碧霄中。
十年磨剑等闲过，今日试锋意气雄。

十一月小高考题赠考生(其三)

芙蓉艳艳花开晚，南国梨花第二春。
金色校园秋气暖，为酬学子挹清芬。

十一月小高考题赠考生(其四)

天高云淡雁飞回,木槿合欢次第开。
风雨三年桃李笑,江湖一夜柳荷栽。
精诚心志雕璞玉,涵咏诗书育干才。
从此蛟龙入海去,静听捷报挟风来。

元旦祝福藏头诗(其一)

元日风云际会天,旦夕岁末结宏篇。
快将烦恼付流水,乐向戌年织锦笺。

元旦祝福藏头诗(其二)

元宵已远春节近,旦日金鸡不住鸣。
快递送君一句话,乐观心态享清平。

元旦祝福诗(其一)

紫气东来万道光,三阳开泰呈吉祥。
燕衔喜信天蓬府,月照新春高老庄。
四海高歌万事乐,八音齐祝满庭芳。
如今玉犬踏梅去,猪拱福门家运昌。

元旦祝福诗(其二)

旭日东升紫气来,祥云万道金光开。
迎新辞旧金鸡去,祝愿诸君皆旺财(才)。

除夕祝福藏头诗

洪泽无尽凤凰远,方寸得失心放宽。
煜火烹油鸿运到,贺君戌狗旺新年。

虎年祝福

啸傲山林踞一方,悠行阔步渺苍茫。
斑斓锦绣好颜色,不与他人争短长。

漫步校园,先观晨景,再观百日誓师有感

东风浩荡催寒蕊,弱柳扶风细细裁。
一树芳华迎旭日,三军士气动春雷。

怀郭秀楷老师(其一)

先生才气两昂扬,谱写杏坛新一章。
硬气直追方孝孺,真诚不下李尧堂。

音容宛在犹前日，青冢独存向晚阳。
纵使灵江都是泪，难抒心底别离伤。

怀郭秀楷老师（其二）

犹记去年此门中，金风送爽花醉红。
胸怀教育千秋事，指点江山意气雄。
先辈豪情何处在？人间地府两难通。
悠悠生死别经年，魂魄常思入梦空。

2001年秋于志山楼监考，想起去年郭秀楷老师在此作报告情形，作一律诗以记之。

答谢桐乡二中藏头诗

桐花万里秋风吹，乡下园丁用力培。
二载春秋揭榜后，中州气象必腾飞。

痛别学生金婷婷君

三月芳菲始吐翠，学生驾鹤辞人间。
连绵阴雨别君泪，料峭春风吹面寒。
午夜梦回伤往事，文章依旧摧心肝。
但求天国无悲苦，日日艳阳挂九天。

痛悼泰顺廊桥

玉兔嫦娥难永俦，中秋劫难罩东瓯。

廊桥从此成遗梦，牵动国人万古愁。

注：2016年中秋佳节，台风莫兰蒂降临泰顺，毁坏泰顺国家级廊桥三座。

第九辑　文山漫步

赠李文亮医生

神州陆沉堕迷瘴，冷血官僚成国觞。
大爱无疆仁者最，照出黑暗一支光。

读辱师新闻有感

上访风波渐远去，辱师事故蔓延来。
斯文扫地为何故？却是娘家少后台。

读史有感

放眼人间多夜莺，乌鸦反转唱清平。
文人风骨却何在？遥见屈原泽畔行。

读文有感

春去秋来百十载，神州花落又花开。
头条娱乐洛阳纸，谁复缅怀郭永怀？

读新闻有感

待遇工资反复说，频发文件惹风波。
年年失望年年少，日日辛酸日日多。
院士飞天千载梦，明星上场三支歌。
白发萧瑟秋风里，国运兴衰奈若何？

读一个出身寒门的状元之死有感

家庭悲惨人端方，俗世红尘一缕光。
魂寄初心随日月，天长地久照八荒。

致朱自清（其一）

桃花谢后又芳红，燕子声中栽紫藤。
试问当今名利客，谁人复再念匆匆？

致朱自清（其二）

世事匆匆一梦中，桨声灯影夜朦胧。
世间自有真情在，回望长河背影浓。

端午感怀

子胥魂魄荆楚阔，三闾英灵日月长。
千古伤心随水去，至今唯有蒲粽香。

读《故都的秋》有感

蝉声落蕊慢人家，蓝调牵牛疏草斜。
秋雨淅淅青布冷，破屋院落品浓茶。

观中华人民共和国七十周年阅兵式有感

七彩祥云挂九州，踏平坎坷笑仇雠。
长空利剑动寰宇，洗尽江山万古愁。

观诗词大会有感

不忘初心中国梦，董卿央视做先锋。
诗传古韵循音律，词润芳华填腹胸。
九字格中识陷阱，飞花令里论英雄。
中华道统今何在？文化长河一脉通。

观十九大开幕式有感

开放国门四十秋，中华儿女竞风流。
华为技术逼苹果，天眼光芒惊美欧。
铁路恢宏通四海，高桥错落映千舟。
汉唐气象今重启，丝路条条向绿洲。

看新闻随感

世间吏治皆相通，百姓得失装在胸。
天下太平不是梦，且学民国周西成。

林冲三重门

哭林冲

读懂林冲三道门，夕阳向晚掩黄昏。
人间多少伤心事，最是可悲体制人。

注：三重门指林冲人生路上的三个重要的门，具体为陆谦家的门、草料场的门、三神庙的门。

读老兵归乡新闻有感

永日无言愁绪多，依稀芳草旧山河。
人隔千里家何在？银汉迢迢共碧波。

有感于南仁东去逝

英雄伟业无人问，戏子绯闻天下知。
皓首廿年穷宇宙，不如歌手曲三支。

七律·咏泽东

乾坤造化自鸿蒙，独步古今第一峰。
绝塞恢恢冰雪冷，雄关漫漫残阳红。
江天寥廓千帆影，暮色苍茫一劲松。
试问补天炼石手，风流人物数泽东。

题疫情期间日本赚送物资及题词

山川异域共云天，与子衣袍同御寒。
历尽劫波兄弟在，明月他乡更清圆。

注：日本赠送物资上有“山川异域，风月同天”“岂曰无衣？与子同袍”“青山一带同风雨，明月何曾是两乡”等句子。第三句化自鲁迅《题三义塔》，“清圆”一词出自周邦彦的《苏幕遮·燎沉香》一词。

听刘诗诗读错沮丧打油

沮丧误读成且丧，当年学校太轻狂。
后生小子谨须记，内外兼修走四方。

为编整本书阅读之武侠小说，再读《天龙八部》有感

千年武侠成人梦，道义担当握手中。
八部天龙成绝响，人间不见北乔峰。

无题

馒头蘸血作欢宴，网络聚师万众尝。
地狱冤魂犹痛诉，世间赞歌已开张。

咏柳永

浅斟低唱远浮名，十里荷花秋桂清。
红袖添香终一梦，只身独向楚天行。

有感于近年头条，戏作打油诗

大师满街走，网红多如狗。
导演脱底裤，明星穿肚兜。

有感于满分作文炒作

满分习作显偏才，各路神仙火力开。
下水方知游泳苦，岸边看客为何来？

有感于知名人物认错字

省长匆忙错认滇[①]，皇宫何事立东南[②]？

诗诗且丧靠边站[③]，学问原来不值钱。

注：

①指云南省省长把“滇越铁路”念成“镇越铁路”。

②指厦门大学朱崇实校长“黉宫立东南”错念成了“皇宫立东南”。

③指刘诗诗把“沮丧”念成了“且丧”。

第十辑　人生感怀

谒骆宾王祠

锦绣檄文志士旌，文章岂是歌功名。
九天豪气千钧重，万古皇权一羽轻。

四十述怀

当年立志出乡关，北望京华气如山。
万里关河梦已碎，一身磊落心犹坚。
素心只为白云往，野趣常随明月还。
浊酒一杯天远大，门前流水照花闲。

注：

①“万里关河梦”对“一身磊落心”。

②“素心野趣”为我的QQ签名，两句为互文。

闲情偶寄（其一）

红尘万丈里，诗酒催芳华。
夜半观奇书，三更读武侠。
漫行一万步，细品三杯茶。
野鹤伴闲云，天边飞远鸦。

闲情偶寄(其二)

胸中无俗事,日日皆闲暇。
幽谷听庐雨,晴川赏艳花。
破晓迎朝日,入合送晚霞。
浮云飘渺处,四海可为家。

动车上偶感

鹤鹭悠悠江水蓝,晴空湛湛白云闲。
若无俗事绕心头,便是人间四月天。

半夜觉醒有怀

中夜忽闻杨柳歌,美人遥望隔天河。
满天星斗寒光冷,布谷声声愁绪多。

参观同学西坳磨园刚动手装修的别墅,赋诗一首。

西乡别墅景幽幽,阵阵松涛布谷啁。
门对青山千管竹,惟留桥下水长流。

车行过里程有感

忆昔风景绝佳处，今日荒滩茅草生。
回首溪头春水绿，山花无力对东风。

初八雨后天晴闻鞭炮声有感

天河洗后泛青光，万里江山迎旭阳。
鞭炮声声山震响，共呈祥瑞向八方。

注：本地风俗，正月初八吃上八饭，放鞭炮，寓意开工吉祥。

初晴又雨

细雨阴风走又来，彩虹易散云难开。
一轮红日已成昨，无奈东风唤不回。

春假登临海长城抒怀

龙盘虎踞冲霄汉，雄视东南半壁天。
阻断东瀛侵万象，连接文脉上千年。
湖山锦绣呈新貌，旭日清辉扫旧颜。
百里江声天际外，长风浩荡水云间。

注：文天祥赞临海诗有“万象图画里”一句。

春日漫步有感

风中布谷催农忙，一夜樱桃卸玉妆。
最是芳华难永驻，红花烈烈醉春光。

带学生北京大赛结束随感

夕阳湖畔观垂柳，拂晓江边赏绿芽。
雨霁云销天地远，无忧无喜别京华。

北京、老前门、胡同里、小吃街。晌午时分，阳光正好。静享人间安谧。第一次在京城过生日，胡诌一首以记之。

白杨亮亮柳吹绵，五月人间清昊天。
烦恼随风云外去，老街烟火最悠闲。

冬日早行

露侵乡野晓星坠，山色重重隔水连。
冷月孤悬楼宇上，寒灯残照院墙边。
林中禽鸟皆缄默，雾里微光独骋妍。
回首苍穹帘渐隐，惟留落木守高天。

动车上看北京雪景有感

冷香携玉缀枝头，又到京华故地游。
朗朗乾坤素绢色，织成锦绣耀神州。

端午感怀

犹记大夫泽畔行，形容枯槁眼眸清。
天涯风雨吹芳草，万里江山梦太平。
忠血满腔三楚暗，丹心一片九州明。
前尘往事俱抛却，但愿国家永泰宁。

带学生赴京参赛动车上随感

广漠平原无雾霭，稻田深处有鸣蛙。
巨龙呼啸上京去，南北驱驰为大家。

注："为大家"有"舍小家为大家"之意。

感怀

人到中年万事休，但观溪水向东流。
苍山日暮送远雁，细雨渡边迎渔舟。

湖畔早行

透绿旭光照叶清，乐声隐隐鹧鸪轻。
烟波钓叟瞑然卧，时见白鸥水上行。

忆艳阳天

薄云淡扫湛蓝天，布谷清声断远山。
一树春花抛媚眼，满园新燕衔泥还。

江畔闻琴

平林漠漠琴声远，半入江松半入天。
尘虑万般全洗却，白云戏日自悠闲。

久雨初晴校园漫步有感

芳林雨后迎初阳，万里晴云泛晓光。
鸟雀高歌深树里，少年欢笑倚南窗。

居家有感

堤桥杨柳水云间，白鹭翻飞惊宿蝉。
满目湖山微信里，居家我自享清欢。

看雪图有感

大同世界清平里，万里江山污垢藏。
净土雪山无觅处，却将人世做天堂。

抗战胜利纪念日感怀

血雨腥风八载整，中华儿女铸英魂。
今逢四海太平日，不忘气节传子孙。

苍括感怀

云淡天高昊气清，括苍居士括苍行。
无边烦恼俱抛却，最是人间真性情。

括苍西坳野炊有感

郁郁括苍山坳西，野炊胜地枕清溪。
若评美味孰夺冠，且看七公叫化鸡。

梦故园

松柏依稀千百行，满园桃李竞芬芳。
廿年心血付流水，唯有书生空断肠。

女儿高中毕业，憧憬未来生活

晨对流云夕赏花，会当游遍大中华。
纤尘无染胸襟阔，处处天涯处处家。

偶见小区白玉兰有感

如钻玉兰已半凋，瘟神远去仍遥遥。
何时借得千钧棒，扫尽长空尽碧霄。

看到朋友圈都在晒雪，赋诗一首，曰《盼雪》

天寒地冻摧枯梅，猎猎北风残叶飞。
闲对苍穹邀瑞雪，独留遗恨付空杯。

人生自述

秋桂荷香漫品茗，松风吹壑月华清。
冷观毁誉由他去，笑傲江湖任我行。

颂金秋

天高云淡鸟声稠，日月同辉照九州，
金桂香飘数里外，书房闲眺南山秋。

岁末感怀

置身年末看年头，唯见江河日夜流。
两鬓微霜明镜里，忙忙碌碌别金猴。

台风利奇马后所见

落叶残枝砌路边，出门尽是汽笛喧。
洪涝印迹今犹在，灵湖歌舞赛新年。

题空中花园

赏景观花细品茗，闹中取静有闲情。
白云絮絮风吹去，留下江山万里清。

绝句

临湖联句酒方酣，邀月赏诗半夜还。
从此闲云随野鹤，卧看流水对春山。

月夜北固山远眺有感

一轮皓月横灵江，十载书山跋涉忙。
万树迷离万树渺，千山静默千山霜。

壶中寄意乾坤阔，教海扬帆日月长。
往事如烟东逝水，韶华不再使心伤。

雨后灵湖早行

玉宇琼楼上下同，灵湖饮露芳华浓。
江天一色纤尘洗，最是悠闲烟雨中。

中秋望月有感

玉宇琼华洒碧空，神州万里化飞龙。
乡心一片全抛却，举酒三杯八月中。

中秋月夜望故乡遥有此寄

皓月如盘照半窗，暗风十里送清凉。
一壶浊酒乾坤大，数卷诗书日月长。
难忘村头板栗笑，梦回岗上桔花香。
九州夜色美如画，最忆故乡三道梁。

住苍南矾山古道栈有感

远上矾山尘世外，十间客舍半坡开。
炊烟袅袅随风去，野草萋萋入眼来。

寂寞石桥访圣迹，荒凉庙宇谒儒楷。
山村古道闲人少，坐看流光映碧槐。

自嘲

数万年薪苦授徒，咬文嚼字死读书。
如何名利缰绳外，犹有雄心壮志乎？

自题小像

三分侠义走天涯，一点浩然气自华。
但得我心如白雪，何须世故向圆滑。

作诗有感

平仄和谐押韵工，粘连合契义求通。
旁人不解写诗苦，昨日学究今老翁。